그대가
머문 그 자리에

김전자시집

그대가

머문 그

자

리

에

풀잎 같은 향내음이
휘파람처럼 다가온다

시인의 말

가을이 영글어 몇 번째 지나간다.

황금빛 낙엽들도 바람결이랑 입맞춤하며

여행길에서 걸음을 재촉한다.

파란 하늘빛이 자꾸만 쳐다본다.

산행길처럼 부지런히 걸음을 걸으니 숨이 차다.

쉬었다가 다시 힘내어 걸어본다.

문학의 길을 산울림과 함께 터벅터벅

걸어온 시간들이 아련하다.

산에서 만난 꽃의 마음을 담아 아름다운

시어들을 가꾸려고 노력했다.

시를 쓰면서 마음속 숨겨둔 글귀를 펼치려고 애를 썼다.

시집을 내기에는 부끄러워 그동안 마음을 내지 못했다.

새롭게 마음을 다잡고 용기를 내어 본다.

가을바람에 흩어진 낭만 한 장 한 장을

엮으며 시집에 담았다.

이 순간 아쉬움과 미소가 뒤섞이면서

설렘으로 다가와 행복하다.

시집이 나오기까지 지도해 준 한실문예창작 지도 교수

박덕은 박사님께 감사드리며, 둥그런 문학회 문우들에게도

감사드린다.

묵묵히 곁을 지키며 응원해 준 가족들에게도 고마움을

전한다.

축 시

•••••••••••••••••••••••••••••••••••••••

김전자 시인

박덕은

지상의 이마에
발자국 찍으며 흐르는
강줄기 따라
달리는 꿀망태
언제나 들떠 있었다

계절의 혀끝이 서늘해지면
억새꽃 춤추는 소리
풀벌레 감기는 소리
귓전에 나풀나풀

가정을 이룬 뒤
짓눌린 생활고 속에서도
달콤한 환상의 궤적 숨겨 놓은
시심의 나래는
쉬지 않고 파닥였다

어느 날 찾아든
시 낭송의 멜로디
가슴결 수놓았다

자연스레 맞이한
시 창작의 오솔길
숙성이 잘된 시어 고르며
행복의 빛살 가득

서점과 시집과
메모장과 씨름하다가
달빛의 목소리로
연과 행을 위로하는
일기와 연습장과
밤새 속삭이다가

만나게 된
신비스런 대화들
고즈넉한 고백들

간신히 얻은 안부와 안녕과
함께 어우러져
향긋한 시집의 탑을
쌓기 시작했다

여행 중에도
오로지 시만 생각
그러던 중
소롯이 안겨든 사랑

생의 이면 들추고 드나들다가
그 끝자락에서 만난
행복의 열쇠를
가슴속에 꽂더니
환희의 감성
폭발하듯 치솟게 했다

이제는
외딴집에 연기 솟듯
고요의 노래
이미지랑 손잡고
한가로이 노닐고 있다.

차 례

1장

❝

오후에
혼자 쓰는
편지

❞

2장

❝

이곳에
봄이
있다

❞

3장

❝

변하지
않았으면

❞

4장

❝

의자의
미소

❞

1장

· · · · · · · · · ·

오후에
혼자 쓰는
편지

오후에 혼자 쓰는 편지

무성히 잎이 나는 창밖 풍경처럼
그리움도 이렇게
순간 순간 비춰져 온다

빈 가슴으로 가을의 상흔 보듬어
내리고 떨어지고 저 멀리
불그스레한 나뭇잎들

저 불꽃 같은 울분만 토하다가
사그라지고 마는
한 페이지 낙서.

어느덧

좁은 이마 위로 세월의 흔적 듬성 듬성
하나 둘 한길 보인다
혼자선 자신 없어 거꾸로 보이는 거울 앞

손 뻗어 잡을 수 없는 곳도
그대 사랑하리
벌써 저만큼 강 건너며 시시때때로
마음 하나로 밀려오는 바람처럼

꽃 속의 꽃 시들어져 학처럼 목 내밀고
세상 이치인 양 겸손히 다독거린다
감추려고 애쓰지 마
그대와 함께라면 아름답지 않은가.

다보사

산속 오솔길 하나
신록 가득 찬 마음 예쁘다
하늘빛으로 설렘 덮으며
수줍은 꽃들이 돌 틈 비좁은 길 연다
예불하는 소리
자갈밭 마당으로 한 알 한 알 주워 모으고
토방마루 앉아 있으니
뜬구름 두둥실 허공으로 내린다
어디로 가는 것인지
허덕이던 몸 고목 뒤로 숨긴다.

환갑

억새꽃 춤추는 강진만 친구들
만나서 반가워
오늘은 하늘도 참 맑다

세월의 흔적 흰머리가 너무나
자연스럽다
너와 나 손잡고

서로의 안부 묻는다
한때는 잊혀진 이름이여
여린 소녀의 무지개꿈
핑크빛으로 마음 물든다

코흘리개 모습만 가슴에 그려둬
밤새 손 편지 종이 가득 채우고
낭독하는 목소리에 우리들 잠시나마
가슴 뭉클했지
이 밤에 또 아쉬운 작별
먼 훗날까지.

불청객

층간 소음 내면
들을 수 있을 텐데
제거하기에 충분하다

집 주인이
셋방 내어 주지 않아도
아무데나 짐 푼다

이불 빨래 펼쳐 놓으니
흐린 날씨 답답함
심상치 않다

불안 포갠다
우연한 기회에 인사도 한다
미세함 꿈틀거림 있어도

나 홀로 독백으로 중얼중얼
고요 곳곳마다
누군가 지켜보는 유리창에 앉는다

그대의 상흔
일상인 듯
사람들의 표적이 된다

봄비가 내린다
빗물이
그대의 모습 휩쓸고 간다

노랗게 잡히지도 않은
그대 마음
어떻게 하나.

충장 축제

가을 향기
가로등 불빛
희미해진 발자국
밤하늘 별빛
소곤소곤 잠든 밤

수많은 꽃잎들
긴 터널 되어
쓸쓸함도
어둠 속으로 던져
눈빛으로
서로의 뒷모습 바라본다

비어 있는 공간 없어
이미 꽉 찬 풍경
서로를 끌어당긴다
수많은 예술작품의 솜씨
촘촘히 금남로 거리
옷 입힌다

달바다 없이
춤추는 분수대에서
인증 한 컷도
공간 속으로 사라진다

천천히 들리는 저 작은 목소리
어느 늙은 통기타 가수의 노래
발길 머무는 곳에 선다
내 사랑 그대여
추억으로 안녕을.

가을길

꼭 닫힘으로 표정 없는
창문의 빛살

가늘가늘 피어난 안개꽃
주인 없는 문지기 한다

형광등 거미줄에 걸쳐
움찔한다

희미해진 골목길 따라
웃음소리 길게 이어지는
발길 옮긴다

껍질의 사랑 가득 찬
공원길 풍요롭다

바시락 소리는 텅 빈 강정 되어
뒹구는 허물들

쓸쓸한 날씨 주워 모은
열매들

달콤한 입맞춤도
기억할 용기 없었기에
낙엽에 묻혀 준다

길밖에 서서
나그네의 길 묻는다.

아니야 난

가을 꽃잎으로 스미는 설렘
나비는 앉아 날갯짓으로
애끓어 날리는 향기마다
살포시 가까이 올래
소문 눈덩이처럼 부풀어오른다
파르르 파장이 길다
보이지 않아도 보이는 것들
울퉁불퉁 돌하루방 되어
아무 말도 하기 싫다
머무는 흔적 보일 때 한숨으로
웃음만 짓는다
염증 곪아 터지기 직전
오돌오돌 혓바늘 튀어 오른 물집들
따갑다.

초가을 나들이

창문 활짝 연다
살짝 설렘으로 들뜬 마음
가을 밟는다
여름이 아쉬움 툭툭 던지며
여운 남긴다

회색빛 먹구름 다음 행선지로 따르고
처음으로 본 단양 팔경길
무릎 통증도 꼬불어진 길가에 앉아
온통 신록길 감상한다

파란 하늘 바다
드넓은 강 따라 역사의 뒤안길
둥둥 떠가는 햇살이 내려온다

그 옛적 어린 단종의 귀향길
낯선 심장 만나 아프지 않을 만큼
한참 바라보고 있노라니
주인 없는 말발굽들이 어디론가
사라지고 있는 듯하다

올레길 옆으로 바위틈에
부처손이 다소곳이 피어나 있다.

마당

아침이면
제일 먼저 아버지 헛기침 소리
토방 밑으로 비틀어진 신발 개수들
마굿간으로 누렁소 콧김 뿜어낸다
동 트기 전에 지게 한아름 논둑길
이슬 털며 꼴 벤다
샘터 맑은 물 한 모금 바가지에 출렁출렁
물 한 동이 머리에 이고
집 대문 들어선 어머니 목소리
일어나라 얼릉 얼릉
이불 잡아당긴 동생과 실랑이 친다
구석진 곳으로 빨간 고추 말리기에
햇살은 언제나 가을바람 자락 사이로 비집고
들어온다
세월은 가도 변하지 않았는데
지금은 노모 보고픔이 눈가로
그렁 그렁.

술 한 잔의 추억

물결들 보내는 소리
정겨워

수평선 잘게 부서지는
방파제

파도 때리고 달아난
그 하루가 그립다

해삼 소라 멍게
시퍼런 바닷물 헤치고

하나 둘 짠내음 나는
안줏감 여기 저기

동백꽃 필 무렵
오동도 첫 인사는 바람

해녀들 광주리
싱싱한 전복들 가득

추위에 온몸 오들오들
여기서 한잔해

서로의 눈 인사로
떨리는 술잔 찰랑찰랑

몇 번의 목 넘김에
웃음소리 파도 타고 달린다.

옥수수

누군가 새벽 연다
밤새 이슬방울의 눈물 보라
발걸음 햇살에 절인 양
숨이 콱콱 차오른다
그대 안에 살던 설렘 그늘만 품고서
하늘하늘 분홍빛 머리카락
가을 잠자리 허공을 맴돌고
석 자로 자란 수염자락 외출한다
햇살이 쨍쨍 핀잔을 준다
틈으로 영글어지는 알갱이
서로 서로 피신한다
빠져나간 사랑 붙잡아맨다
버티는 침묵 따위 쓸데없는 거라고
여름이 익어 가는 줄 모르고
장대 같은 키가 자란다
장맛비 연일 퍼부은다.

꽃무릇

바람이 스친다
슬픔 젖은 꽃비 사방으로 휘날린다
길목 서성인다
아무도 보이지 않는 산기슭 지나
한 송이 한 송이 연이어 피워
간밤에 어둠 밀어내면서 돋을볕 오르니
진한 사랑 꽃잎 상글히 웃는다
이루지 못한 인연이여
슬픈 곡조 새벽 예불 소리로 변한다
눈물에 젖을수록
님 오는 길 붉은 옷 입는다.

소주 한 잔

푹푹 찌는 여름날 오후
시장통 국밥집으로 들어간다
산행 마치고
뚝배기는 지글지글 열기를 토한다
붐비는 단골손님들 한 그릇씩 말아 주고
한 수저 떠 목 축인다
술잔에 보이지 않은 말의 향기는
국물 속으로 숨어든다
상 위로 놓인 상큼한 양파장아찌
무심한 허공 향해 시끌벅적 하는 사이
건배 잔은 이미 건하게 오른 취기
상처 덮고 가슴속 소용돌이치는
빈 가슴으로
꽃망울에 꽃잎 날리고 있다.

입원실에서

한 번도 본 적 없던 풍경
뒤따르던 삶의 무게
그 문턱 앞에 선다

걱정이 미소 없는 얼굴을 한다
심호흡 크게 한 번 몰아쉬며
커다란 링거 높이 올라
한 방울 한 방울 하얀 줄 타고 내린다

괜찮아 다독거린다
회색 복도를 절룩거리며 젖은 마음
보이지 않은 눈물자국 감춘다

숨이 멎는다는 건
의지와 상관없이 움직일 수도 없다
어떤 시간과 공간 오고가며

잠이 온다
꿈속에서 헤엄친다
도망갈 구멍은 영영 보이지 않는다.

그 집 앞 I

　　허름한 담벽에 까칠한 수염의 길이
주섬주섬 담아 모퉁이 돌아설 때
버려진 양심들 널브러진다
고개 떨구던 선풍기 아픔이 쓰러지고
부서져 버린 날 여름 이야기는
늦은 밤 회색빛 정적 울리는 힘겨움
늙은 세월 자장가 들릴 때
햇살의 땀방울 집 짓고
오늘도 빈 집터 자갈 틈새
푸른 싹이 기어오른다.

초록 물결

거대한 밤 질주한다
탈출 시도한다
길들여지지 않는 야성 뚜벅뚜벅
바람도 건너 보내고
흰구름 보듯 너를 본다
바시락 소리에 가슴속에 고이는
환희의 미소
푸르른 잎새마다
한 곡조 노래가 흐른다
주름살 편 햇살
풀잎 끝에서 주렁주렁
숨 막힌 볼 부빈다
무정한 여름날
윙윙 소리 낸다
비틀거리다 그만 쓰러지고
차곡차곡 쌓여만 간다
향기 뿜어낸다
잘라진 허리춤
사방으로 흩어진다
고향 내음이 콧등으로 오른다.

이런 날

가끔은 흔들리고 싶다
장맛비가 내린다
마음 씻어내고 싶을 때
발길이 무작정 열차 탄다
비에 흠뻑 젖어 달리는 차창 밖으로
초록이 흔든 마음 가슴에 그리움 너울너울
너와 나 사랑 찾아 떠난다
종착역 향해 달리는 시간 속으로 갇힌다
속삭임도 외로움도 함께 탑승한다
작은 항구 도시에서
하얀 빗방울 사연들 깊숙이
작은 꽃들이 비에 젖어 있다
알지 못한 방향 때문에
다시 표 한 장 산다
아쉬움 접으면서.

순대

속 터진 옆구리 보인다
바빠진 젓가락 장단 맞춘다
특유의 내음들
나래 달아 허공을 무한 질주한다
초장과 어우러져
흑백 사진에 빨간 입술만 동그랗게

그들은 소문나게 하는 것들
막걸리 한 잔에 나란히 앉아
침 튀겨 가며 하루 일과 마무리하는
아제들의 안주거리로 짤근 짤근 씹히며
울화통 삭히는 저녁 무렵
동전 몇 개 주머니에 딸그랑.

망초꽃

들풀이 아름다워
넋 잃고 바라보다
바람 한 자락으로
머리카락 쓰다듬는다

더는 숨길 수 없는
가련한 여인처럼
작은 꽃망울에
빗줄기 치는 날에도
하얀 웃음 촉촉이 건넨다

살며시
소리칠 것만 같은 자태
사방으로 둥그렇게
띄우는 연정들

순간 순간
사랑의 속삭임
꽃구름처럼 가슴에 피어난다.

발산 마을

언덕배기 오르막길
집과 집 사잇길 걸어 오른다
산비탈 깎아 구부러진 골목으로
예쁜 벽화 마음이 심쿵거린다

아침이면 뒤축이 한쪽으로 닳아진
구두 소리와 함께 일터로 향한다
삐걱거리는 대문에 색칠한다
파란색 노란 대문에 문패도 걸어둔다

귀가 늦은 당신 위해
바람 그늘에 앉아 삭아 버린 담벼락 위
깨진 유리 사이에서 푸른 곰팡이는
꽃으로 피워낸다
달 향한 기다림은
도시 그늘로 점점 스며든다.

조금만 기다려

태연히 웃으며 피어난 저 꽃잎도
몸살 앓아 보았을까
정말로 싱싱한 모습
꼼짝없는 부동자세 마음대로 할 수 없으니
달력 쳐다본다
초등아이 되어 구구단 외우듯
날짜 계산한다 손가락이 구부러진다
유통할 수 있는 날
훨훨 날아 가방에 이쁜 그림 하나 그려
그대에게 숨 차오르도록 새벽길 나선다
나의 손끝으로 플래시 터져
무릎 구겨 다가오는 나를 반겨다오.

동적골

이곳에 꽃터널이 있다
초봄과 여름 사이
산자락 타고 저지른 일에
우리는 누구에게 책임 묻지 않았어
가끔씩 발걸음만 오고갈 뿐
화려하게 핀 철쭉의 색깔들
햇살 밟으며 그대로 피어나고
눈빛 온통 연둣빛 사랑
입구에 지붕으로 덮은 줄기들
매달려 서로를 끌어당긴다
내게로 다가오는 봄날의 활짝 핀 미소들
주머니 속으로 넣으며 말한다
웅크리지 마 쏟아지는 빛으로
눈부신 날.

원효사

새벽녘 눈뜬 시심
조롱박에 샘물 퍼
마당에 핀 가을꽃에
눈길 주고
불그스레한 애기단풍
팔가지에
찬바람 감아칠 때
합장한 여인의
고단한 삶이 차디찬
마루 바닥에 눈물로
얼룩지고
목어 뱃속을 빠져
나온 종소리만 산기슭
숲속으로 퍼지며
울리고 뒤따른 고요함이
속울음 운다
하늘빛 메아리 대답 없이
내 마음 여지껏 미동 없이
저 멀리 퍼져가는 소리만
잡으려는 향내음되어
스멀스멀 저녁노을에
가득하다.

새봄

앓고나니
화장기 없는 민낯
손길 놓고
창밖 물끄러미 본다
봄비
눈빛 아득히 그렁그렁
먼 곳
바람 끝자락으로
우리집 문지기 천리향
솔솔
시린 눈 비비며
꽃망울 터트린다
망울망울.

2장

. . . .

이곳에
봄이
있다

문구점에 가다

A4용지를 한 박스 샀어
이곳에
담아야 할 사연들
생각하지
형광펜으로 봄소식 전할 제목들
하얀 종이 위로 옮기면 되는 것이야
한 줄에는 누구의 이야기들
한 줄에는 나의 인생사들
한 장은 봄꽃 장식해
꽃 색깔 어우러져 춤춘다
한 박자 한 박자 빙글빙글
춤사위 격해질수록 쏟아지는 그리움
한 손에 쓰다만 속마음 채우며
신기하게
백지 안으로 모여든 시어들
피식 입꼬리 길게 늘어지고
이 밤에 끝은 어디 있을까.

술래잡기

허공으로 퍼져 가는 목소리
발바닥 떨어지지 않는 자세
큰 플라타너스 허리춤에 얼굴 묻고
혼잣말로 주문 외운
아이들은 우르르 움직이며 솜덩이 되어
제자리에서 손사래 친다
자신들의 그림자 밟으며 숨 참는다
낙엽들이 벼랑 끝 바라본다
살아남는 아이 등뒤로 다가간다
설렘이 머리 위로 내려앉는다
다시 외우고 뒤돌아보지 못한
그는 얼음공주 되어 버린다
등을 껴안는다
그때부터 게임의 법칙은
벽에 주렁주렁 달린다
안녕 외침이 저녁 골목 안
연기처럼 보인다.

단비

심상치 않은 바람이 먼저 손 잡는다
창밖엔 회색빛 하늘
수많은 꽃잎들 앞질러 피어 오른다
젖은 모습으로 고백한다
힘없이 구멍난 가슴에
멍자국 남기며 사랑 부른다
발걸음 재촉하지 못하고
우산 펼친다
팽팽한 전율 얼룩지고
빗소리 리듬
퍼붓는다
꽃비 타고 웅덩이로 떨어지니
둥글게 그려진 원점에 한 점 찍는다
나를 이끄는 축축한 거리
빗물이 가슴 적셔 내린다.

자화상

봄꽃이 내게 다가오는데
민낯을 하고 있다

그 가슴에 깃든 사랑
꽃송이 설렘 허공으로

피어 오르는 안개 같은
얼룩 남기며 스쳐 지난다

상흔 어루만져
발걸음 재촉하지만

고개 들어 시선
가로막은 잎새 뒤
행방불명 된 이후에

슬픔의 인연
또 다른 곳으로 간다.

천리향

기다림으로 심장은 쿵쿵
앙상한 그 자리는 꿈틀꿈틀

그리워 견디다 지친 하루
끊어질 듯하면서
꽃잎 툭 내밀며
향기 날린다

빈터 허름한 길목에
파르르 잎새 고개 떨굴 때
도란도란
혼자만의 설렘 피어오른다

하얗게 계단 위로 건너와
움츠리고 시들지 않으려는 한아름 허공으로
천리길 떠난 널 품는다.

이곳에 봄이 있다

수줍은 홍매화
찬바람 손에 쥐고
찬란한 봄내음 아장아장
개울가 문턱 넘어
갈까 말까 망설인다
구걸하는 겨우살이 방에도 한 방울
기지개 편다
북적이는 산행길
배고픔 달래면서
귓전에 터지는
불만의 소리
얼릉 갑시다.

청년의 방

열공하는 실업자
시큼털털한 담배 냄새
치렁치렁 벽지에 붙는다
승리의 함성 꿈꾸지
어머니는 관중들의
건넛방 초록색 그라운드
손뼉 치며 홈런 날아가는
공을 본다.

나의 고향집

자끄라진 창고
헛간 안 허수아비 어깨 위로 곡소리
흔들거린다

여물 먹는 소는 간 곳이
없다
찬바람이 지나간다
그리움이
흰 눈처럼 펑펑 운다

문턱에 새겨진 손길
사진 한 장
도란도란 이야기꽃에
겨울밤 깊어 가고

휘영청 달님이 소식 전하러
덩그러니
지붕에서 마당까지
내려와 그림자만 보인다.

뻥튀기

불안은 설레임 만든다
절반이 몇 배의 크기로
세상의 빛 바라본다

까망 가마솥 서서히
시간 조절을 한다

보릿고개의 시절
마을회관으로
호기심이 발동한다

헐렁한 바지 검정 고무신
바둑이도 함께 나온다
아저씨는 자꾸만
저리 가라고 외친다

종이비행기 손에 쥐고
엄마 치맛자락 꼭 잡아
차례를 기다린다

콧잔등 딸기코 옷소매로
쓰으윽 닦아 버린다

풍선처럼 부풀어올라
하늘 끝으로 마침표
날린다

펑 하는 소리에 깜짝
볼 터치도 없이
나비와 꽃을 만난다

똑같은 형태들 오글오글
서로 밀착하면서
자꾸만 바람에 날아갈 듯
위태롭다.

사직공원에서

떨어진 잎새 뒹군다
갈 길 모른 채
구석진 틈으로 끼어
몸 감싼다
찬바람이 지나간다
바삭거리다
몸이 금 가고 부서진다
조각난 그들 앞에
커다란 발자국 지나간다
피할 수 없는 현실
형체는 이미 사라지고
재만 남는다
까맣게
겨울의 추억들
기다림으로 오늘도
소리를 듣는다
사라진 기타 소리
왁자지껄 모여든 사람 내음
술 취한 모습 한 곡조
밤하늘에 날린다
건배
어느 중년 가수의 노랫가락
금방이라도 무대 펼칠 것만 같은 오후.

넋두리

사라진 것들
가난하던 시절의 만남

미소 끝은
잃어 버린 기억 찾는다

목마름 허덕이던 둘만의 우정
눈물까지 품는다

부러진 날개의 아픔 붙잡고
탁자 위로 술잔 기울인다

골목 안 밝아오는 햇살이
눈부시다

취객들의 밤새 마신 흔적들
별빛들이 사라지지 않고
술에 취한다

모든 이의 눈물이
한 방울의 꽃이라면 좋겠다.

비빔밥

봄기운이
나를 나른하게 하는 날
마음은 벌써 매화꽃 피는
섬진강으로 가고 있다

바람을 등에 업으니
콧바람이 가슴으로
파고든다

불그스레한 홍매화가
살랑살랑 새색시 같은
연지곤지 찍고
도도한 자태로 서 있다

하얀 눈처럼 속살이 폭설 되어
가지런히 채반 위로 누워
고춧가루 붉은 옷 입어 주길
간절한 눈으로 바라본다

비닐하우스 사랑 듬뿍 받은
애기호박의 어린 모습이
아장아장 나들이 나온다

채칼로 쓱쓱
예쁜 모습의 변신하는 연둣빛 사랑
그 옆으로 당근이
곁눈짓으로 나의 스타일
최고지 하면서 훔쳐 본다

이번엔 고사리가 나선다
육개장 끓일 때 나의 몸
귀한 몸이고
뜨끈한 국그릇에 담아
일용직 사람들 고단함
달래주는 맛이라고 으스댄다

텃밭에 아침이슬 털면서
싱싱한 상추는
아삭아삭 식감 주는 맛
우리 할머니도
된장 넣어 쌈을 한다

푸른빛 청정지역 돌김이
나도 고명으로 올려달라는
간절한 눈빛, 거기서
바다 내음이 난다

물만 먹고 잘 자란
콩나물 껍질 벗긴다
투박한 사발에 나란히
색 맞추어 아름다운 박음질하듯
손끝의 오묘함 전한다

보기만 해도 식욕이
저절로 덩실덩실 춤춘다
고소한 참기름 한 방울
똑 떨어지는 고운 리듬
고추장 희미한 맛을
정열의 치맛자락으로
휘날리게 한다

나른한 봄날의 점심시간
한 그릇 두 손으로
비벼 보낸다
누구나 즐거움 주는
나의 맛
눈으로 맘으로 드리고 싶다.

폭설

하얀 눈 펄펄
하늘 표정 회색빛 날리면
밤새 문밖에 서성인다

나뭇가지 위
흰구름 흰나비 흰 눈썹
파르르 잎새도
삶의 무게 느낀다

사그락
소리 그늘이
같은 방향 묻는다

도시는 꽁꽁 묶어
떨어질 듯 다시 내려와
무리 지어 날린다

무릎까지 오른
이 길
말없이 거닌다.

길거리 땅콩 한 줌

종일토록 견과류 볶는다
정류장에 서서 물끄러미 바라본다

아직 녹지 않은 눈덩이
허리 굽은 아지매 구시렁도 볶는다

세월이 야속하다
검정 털신발 신고 마실 간
어매가 그리워진다

손수레 짐 보따리 힘겨워
등뼈 꼿꼿이 세워
구부정한 허리 한 번 편다

보자기 비밀이 숨어 있다
활짝 핀다

지난해 가을걷이 해온
강낭콩 오천 원
못난이 호박도 오천 원

삐뚤어진 숫자만 알고 있다
무수한 비밀 문서들

배꼽시계 울어대니
햇살도 웃고 그림자도 사라진다

담장 밑으로 보랏빛 향기 나는 과꽃
노을 품고 있다.

달력

열두 달
벽에 그림 그리며 노니는
숫자들

살며시 밤하늘
몇 개의 별들이
깜빡 깜빡

희미해진 가로등불이
밝아 오는 새벽
맞는다

동그라미는 무슨 의미
그날 그날 내 손과 발이
종종걸음친다

통장 잔고도 확인한 뒤
전화 안부로
설렘을 안는다

나이 들면 들리지 않는
나의 목소리
벽과 벽 사이 허공으로
외침한다

우체통에 접힌 나의 이력서
일 년 지나고 이맘때쯤 펼쳐
빨간 펜으로 다시 그려봐야겠다
또다시 너를 안아 주면서.

그 누구랑 함께

그대가 그리운 날
산에 오른다

터벅터벅 걸으며
골짜기 가로질러

말없이 그 자리에 서서
기다림으로 반겨 주는 바윗돌

낙엽 지는 산길 보니
유난히 많이 걸어왔다

길모롱이 서서 흔들리고
있는 그림자 본다

산마루에 꽃이 다시 피거든
나이 묻지 마라

마음의 청춘은
시들지 않으리

그 고운 빛 나눌 수 있는
작은 사람 여기 있기에.

겨울로 가는 길목

늦가을 시골길 달린다
잎 지고 산속의 나무들
누구에게 다 퍼내고
앙상한 그 자리 서 있다

뒷산에서도 다 보일 때
또 하나의 산등성이
구부러진 지팡이
길 안내한다

논밭 흙으로
돌아가는 모습
우리네 아무 생각 없이
바라본다

그저 풍경처럼
한 줌의 퇴비 덩어리로만
배추밭 푸르름 안고 있다

찬바람이 지나간다
잃어 버린 마음 심는다
한아름 사랑의 흔적이
나풀거린다

묵정밭 다시 일구어
기다리는 사람
여기 있다.

대인동 거리

평생토록
웃고 울고 가는 좌판대
땅밑에 내려와
나란히 줄 선다

시들거리다 물방울에
싱싱한 푸른 채소들
자리는 정해져
아무리 궂은날에도
그 누구도 침범하지 않는다

손님들 입맛 당기고
한줌의 덤으로 인정이
거친 손 내밀며

환히 웃는 얼굴에
주름 가득 넉넉히 퍼 준다
정겨운 검정 고무신도
덩달아 신나는 오후.

가을은 이렇게 온다

어두운 터널로 달리는
지하철
현기증이 난다
저만치 휘이휘이 소리를
낸다
그 얼굴은 언제나 변신을
잘한다
웃어야 할지 울어야 할지
춤추는 손
먼발치에서 흔들림이
허공을 친다
걸음걸이 왠지 불안하다
무늬 없는 보도블록
거리에 헝클어진 낙엽들
밟으면서 종종걸음은
몇 개의 가면을 쓴다
관절에 묶여 튀어나오는
통증
뛰어 뛰어 간다.

이불을 덮으며

다리 펴고
일자 된
몸 맡긴다

천장으로 떠 있는 그리움
고달픔도 위로 올린다

밤 접어
종이비행기 만들어 날린다

보이지 않은 터널 지나
지평선으로
슬픔도 누워 잠든다

잠시 침묵 흐르는 동안
살짝 보이는 초승달

같은 눈썹
문신으로
조용히 비밀 꺼낸다.

비상구

숨을 곳이 없다
밤새 이곳에 있었다
찬바람이 지나간다
가을이 오면 여행지 없는
길 떠난다
기울어진 추 따라
또 다른 하루 살아간다
나이 탓을 해
다리도 아프다고 해
비뚤어진 시선이
딱딱
몸 따로 마음 따로
곱게 물든 길 걷는다.

중노두 전설

섬과 섬
바다와 육지
차곡차곡 디딤돌 사랑

박지도와 반월도
호수 같은 바다
사이 두고
마주보는 거울

젊은 연인들의
가슴 애달프게 하는
사연 여기에 숨어 있다

연모 전할 수도
얼굴 볼 수도 없어
그리워하며
바다 건너 무언의 연서가
달빛으로 오고 가고
밀물과 썰물 교대로 다녀가
서로의 애틋한 심정뿐

세월은 묵묵히 흘러
고운 님 중년 되어
둘의 사랑 한가운데서
얼룩진 마음 전한다

찰랑찰랑 급격한 속도로
불어나는 물살에
둘이는 그 자리에
망부석 되어
바닷물과 함께 사라진다.

3장

· · · · · · · · ·

변하지
않았으면

산 정상에서

설렘 가득한 자리 위에는 수많은 시선들이 모인다
눈동자는 빛나고 아침햇살 서서히 머무는
산기슭
푸른 잎사귀에 가을이 영글어 간다
굴참나무 열매 하나씩 밀어내는 산길
바람과 어우러진다
말이 없는 세월의 흔적 찾는다
거부할 수 없는 열정이 갈 길 멀다 한들
멈출 수 없다
한아름 모두 다 아름다움 봐야 한다고
치마바위에 앉아 하늘을 본다
파란 에메랄드빛이 숨어든다.

편지

그대여
그 꿈 얘기 좀 해봐요

고운 리듬
은빛 출렁이는 갯벌 내음
고개만 끄덕일 뿐

구르지도 못하고
부는 바람 때문에
우린 그 길 맴돌다
다시 뒷모습 보일 때

석양 따라 웅크려
기다리는 건 그대뿐

나에게
한 장의 글귀
남겨요

오늘밤 달 뜨고
별빛 되어 그리움 되어도
무심만이 스르륵 잠들어요.

철거 현장에서

담장 벽 두근두근 나팔꽃 자그마한
줄기는 담벼락에 힘겨운 꽃그늘이
가난한 빈집인가 시멘트 콘크리트
여름날 가느다란 줄기가 뻗어 간다
밤마다 초롱초롱 달빛에 흘린 눈물
이곳이 철거 대상 마을에 망치 소리
잎새는 많이 많이 가던 길 소리 없이
눈감고 못 본 체 해 아슬함 주렁주렁
그리움 파란 구름 보면서 꿈틀꿈틀
하늘빛 바라보다 졸린 눈 비벼 가며
한 송이 피어오른 분홍빛 사랑이여.

울 어매

전화통은 소음내며
잘 있냐, 밥 묵었냐
언제나 같은 말만 반복
귀가 점점 소리와 멀어진다

대화의 울타리에
끊어지는 공간은
이내 침묵이 흐른다

세포는 하나 하나 죽어 가고
돌아오지 않는
마음의 강이 흐른다

품고 온 그리움
쪼그라드는 검은 버섯들
미워할 수 없는 그림자

오늘도 들려오는
아그들 잘 있냐
귓전을 맴돈다.

냉장고의 비밀

고요한 새벽 문을 연다
하품은 이어져
목마름 해소 위해 물 찾는다
조그만 뚜껑이 바득거리며 문 열어 준다
차가운 기운은 목줄기로
어두운 터널 지난다
냉동고 문 연다
물거품으로 사라진 몸
꽁꽁 묶여
하얀 미소 잃어버리고
죽어도 죽지 않은
조각되어
선택을 기다린다
비닐봉지는 소곤소곤
구시렁 구시렁 속마음 털어
봄내음 나는 쑥향기를
그리움으로 얼어붙은 그 마음
맥없이 힘이 풀린다.

무등산

옛길 따라 떨쳐지는 설렘
다가오는 바람결 소리 듣는다

주검동 유적지 치마바위
오래된 시간이 서성이다
충장공 행적 그린다

고운 목소리 들려 주는
한 마리 새 눈빛
촉촉이 젖어 있다

풍화작용으로 일렁이는
너널겅 미소
그리운 날엔 이곳에 온다

중봉 봉우리
춤추는 억새꽃 위에
구름 한 조각 떠 있고

저 멀리 웅장한 서석대에
켜켜이 쌓인 회색빛 시간
풍화되어 아득히 먼산 지킨다

물그림자 아스라이
드넓은 산마루에
파란 하늘도 함께
오늘도 변함없는 산.

호숫가에서

초록 물 흐르는 여름
너른 마당 있는 정자
수천 년의 세월 숨기고 있다

오후 되면
그림자가 먼저 달려드는
산자락 아래 기와집

속적삼 껴입고
살랑살랑 바람결
숨쉬는 삼베옷

부채 하나 손에 쥐고
멋 아는 선비
바람결 스칠 때

꽃잎 잔잔한 미소
반짝이는 윤슬에
눈 맞춘다

환산정 마루 앞
푸르름 안고 서 있는
소나무

저 물결 바라보다
백발 되어도
햇살 보듬어 웃는다.

차 한 잔

찬바람
솔솔

인력사무소 이른 아침
풍경들

물 끓이는 소리에
침만 꼴깍 꼴깍 넘긴다

티백의 녹차
우려낸다

풀잎 같은 향내음이
휘파람처럼 다가온다

몇 번이고
적셔진다

졸린 눈 비비며
선하품 소리 들린다

여기
저기.

수제비

어릴 적 허름한 정재
어머니 손때 묻어
반들반들

문턱 넘어 장작개비
아궁이에 불 지펴 놓고
밀가루 반죽한다

끈적끈적 손가락에
붙어 있는 속살들

고사리 손끝으로 꼬물꼬물
부산하게 움직인다

매운 연기 속에
반죽 얇게 떼어 끓는 물에 넣는다

둥둥 끓어오르는 반죽들
바다에 띄워 놓은
작은 돛단배들.

달빛 그림자

아침 풀섶 등에
피어나는 신록의 여름

그대 있으니 나 또한
사르르 넝쿨 따라
숨겨둔 설레임으로
둥지 찾아든다

오래된 초롱 촛대가
간질이고 있다
차 한 잔에 발목 잡힌 채
어둠 밝혀 주며

지금도 여전히
달이 문밖에서 서성이고
추억의 숨소리 가득하다.

그 집 앞 Ⅱ

봄이면
나뭇가지 끝에
콩알보다 더 작은
연록색의 속살이 나온다

어느 날 아침
발등 위로 쌓이는 은행꽃
앙증맞는 손바닥이
점점 커질 때가 여름이다

비에 젖은 잎사귀들
색이
점점 짙어진다

나무는 가족 중 하나이다
그냥 그렇게 그는
지금도 홀로 고향을 지킨다

어릴 적 키가 큰 나무
이제는 늙어 허리가
굽어 있다

그 많은 추억 키워 내느라
산후통에
시달리다가도

다시
찾아드는 봄날에
햇살 받으며
아무도 모르게 모르게
웃고 있다.

어느 정원에서

대문 활짝 여니
소나무 잔가지에
바람이 내려와 화들짝
비늘쌈에 놀란다

발길이 머무는 사이
그 집 앞 흔들흔들 엇박자
댓잎 서로 몸 부딪혀
피리 부는 사랑방

정원의 푸른 잔디밭
수채화 그려 놓은
작은 연못

도란도란 수련꽃도
그리움이 안개처럼
꽃잎에 방울방울

마당 중앙에 우뚝 선
동상의 몸
힘줄이
툭툭 터질 것만 같다

햇살 놀러와
값없이 내어 주는
그늘마다 어루만지며
하루 일과 이야기꽃
다 풀어놓는다.

풀

빈집 공터
바람결이 찾아왔나
싹이 저절로 자라
스스로 일어선다

뭐라고 혼잣말 한다
들켜 버린 영혼들
질긴 목숨으로
서로 서로 지탱하며

아프다 아프다
비명도 지르지 못하고
묵묵히 땡볕만 바라본다

오늘도 사람들 손에
뽑힌 몸뚱이
햇살 아래 비틀려 마르지만

초록 잎사귀
그 아쉬움으로
말없이 흰구름에게
손짓하고 있다.

장아찌

봄날
어린 잎사귀들
살랑 살랑 흔든다

풍설에 곰삭은 듯
독 안 세월의 나이테
한 해씩 익어 간다

나른한 오후
윙윙대는 모기 한 마리
귓전에 맴돌고 있다

시큼한 냄새 묻어나고
쪼그라드는 할머니
뱃살같이 되어 가고

하루 해거름 할 때
쭈그렁 바가지라
외면 당할 때

메밀국수 한 사발에
동동 띄운 고명 올려
시원한 추억나기
시작한다.

사월

봄에 들어서자마자
온 천지 꽃들이
분내음 날린다

노랗고 진한 분홍빛
사연 담고
화산처럼 쏟아낸다

설렘으로 창문 열고
활짝 웃는 동안
담쟁이넝쿨이 벽 타고 느린 달팽이처럼
기어오른다

꽃들도 폭죽 되어
오고가는 사람들
그 사이로 흔들리는 봄

매듭은 여전히 풀리지 않아
결국
이 봄 보내고 만다.

껍질들의 신음 소리

알맹이가 있으니
빈 껍질이 있다

눈뜨면 보이는 것
온통 저녁에 먹다 버린
빈 봉지들
함부로 버린다

분명 그곳에
아픈 목소리 있을 테고
차마 말 못한 가슴속 깊은 곳에
설움과 한숨이 있을 테지

갑자기
회색빛 구름이
몰려든다

점점 어두워지는
길목에 서서
방황한다

소낙비 후두둑
흙내음이
올라온다

넝쿨장미
수많은 꽃송이들이
비틀거리면서
축축하게 떨어지고 있다

바닥에 내린
꽃잎 흔적이
오늘따라 측은하게 보인다.

삐비꽃

짧은 단발머리 찰랑거리며
가는 길
길도 없는 길을 간다

노을이 서서히
멈추는 시간

여린 가슴에
떼 지어 손사래 치던
은빛 물결 은빛 바다

소리 없이 출렁출렁
바람결이 이리저리
너른 들녘으로 내려간다

아무도 돌보지 않은
개울가 언덕길

손길들을 거부한 채
무리 지어 파란 하늘로
오르고 있다

그리움의 속삭임도
개구쟁이 장난스런
손으로 쏙쏙 뽑아

달달한 솜털 같은 입맞춤
한 주먹 쥐고 집으로 간다

그 옛날 아이들이
그리워지는 이 밤에
시 한 편 적어 간다.

달빛 한옥마을

도도한 하늘 아래 산길 따라
다양한 멋 풍기는
녹차밭 물결 위로 떠오르는
나만의 이야기꽃 도란도란

생각을 살짝 풀어놓으면
틈이 생기고
다가서는 상대도
부담이 없다

다양한 색깔의 사람들
여기에 모인다

아름다움 피어 어우러져
뜨락 앞 문패 소박한 이름표
달고 마실길 나선다

두둥실 떠오른
월출산 천황봉 달그림자
신발에 가득 찰 때

푸짐한 상차림 둘러앉아
볼 터질 듯 텃밭 상추쌈에
풋고추 바구니의
익살스런 정경 바라보며
이 밤 끝자락에 낭만 피워 본다.

삼월 정경

아침 산책길
빛바랜 갈대꽃이
가느다란 몸짓으로
젊은 날을 부른다

바늘 햇살 받으며
위태롭게 흔들거리다
비틀거린다

사랑하는 이 아무도 없어
불어오는 봄바람에
온몸 던진다

마음 움직이는 달
싹이 터지고
연못에 물이 고여
개구리가 알 낳는 날

연둣빛으로
심호흡
크게 원을 그린다.

변하지 않았으면

한적한 공원길
터벅터벅 걷는다

바람에 얹혀 오는
익숙한 내음

벚꽃에도
불빛 휘영청거리는 밤하늘

몇 개의 낡은 의자만이
손님을 부르고

외로운 사람들끼리
한 잔 또 한 잔

세상사 돌아가는
수많은 말들

봄하늘에 넝쿨 되어
가지마다 다른 잎으로 변해도

소박한 포장마차
도시의 거리 점점 깊어 가고

희미해진 발자국 소리조차도
점점 멀어진다

훗날 이곳에
다시 돌아왔을 때

사랑이란 이름으로
무엇이 더 남아 있을까.

외출 준비

가르마 은비녀 풀어
숨어 있는 하얀 미소들
자꾸 또 나와 자란다

난
거짓말 못한다

흰 머리카락
울 어매의 눈 속에
숨어 있고

이 찬란한 봄날
하품하듯
보인다 보여

옷 입고
나들이 간다고
설레임으로 늘 언제나
머리 빗고 거울 본다

오늘은 하자
앞머리부터 꼼꼼히
어머니 발가락 꼼지락거린다

빗질하는 나의 손톱
까맣게 변해도
하얗게 피어온 꽃송이만큼
웃고 있다.

겨울 산행

낙엽송 쌓인 산기슭
겨울나기 안고서

참말로
하늘 위로 가는 길

빈 벌집만 덩그러니
세찬 바람 찾아온다

사진 한 장
웃는 얼굴 보여 주면

풍경째 눈썹이
비틀어지고

측백나무숲 바늘 쌈
손으로 파아란 조각들

꿰매어 입김 불어
넣어 본다

단술 한 모금
목 축이고

세상 모든 걸
다 가져와

이 술잔 넘치도록
사랑하리.

가을에 핀 그대

밤새도록
이슬 내리고

밭고랑에서
피워 오른 입김
밤새 서성이고

한 송이 꽃은
몸살을 앓고
기지개 편다

진한 향기 어우러져
수줍은 꽃봉오리들
새록새록 피어난다

꽃잎들도 유효 기간이 있다
노란 구름 타고 걸어간다
국화꽃 향기가 석양을 삼킨다.

취가정

산기슭 가파른 길
오르고 또 오르니

백년지기 나뭇가지에 앉아
서글픈 노래 한다

험난한 인생
무슨 죄로 옥살이인가

나라에 충성심
비추어질 때

산천초목 흐르는 구름아
나를 반기는구나

억울해 분통해
꿈속에 나와 하소연하는가

조용한 달밤
정자에 올라

그동안 못다 푼
회포나 풀어보세.

4장

· · · · · · · · · ·

의자의
미소

식탁에서

세상사 뭐
바쁜가 봐

뚝배기에 하얀 두부살
정거운 고향맛 내음이
움츠린 아침 잠 깨운다

새봄이
냉이와 묵은지
끓이고

상큼한 긴 오이
목마 타고 내려와
목마름에게
아삭아삭 목 축인다

손이 긴 젓가락
흥 장단 맞추고
묵직한 수저는
국물에 몸 던진다

꽃무늬 야시한 식탁보
메마른 겨울꽃으로
활짝 웃는다

달그락
설거지 싫은지
빨간 다섯 손가락이
숨가빠 한다.

동짓날

사그락 사그락
긴 겨울밤 하얀 눈
탐스레 내린다

어머니 손길이
분주하다

탁자 위로 붉은 알갱이
씨눈 감고서
창호지 문살에
먹빛으로 흔들린다

못난 것 당신의 몫
때깔 좋은 알갱이들
오일장으로 나갈 자루에
꽁꽁 묶는다

빛이 바랠수록
이름의 책갈피에
새록새록 떠오른다

장작불 아궁이는
어디로 갔나

어둠보다
빛에 익숙한 도시
편리한 가스불로
걸죽한 팥죽 끓인다

둥둥 떠오른 하얀 미소
또 이렇게 나잇살은
한 살 보탠다.

산행

헛생각 버리고파
집 나선다

발길 가는 사잇길로
무작정 오르니

너털웃음 되어
숲으로 다가서는 심신

가쁜 숨 고른 다음
사색으로 접는다

아득히 보이는
추억의 빌딩

미로의 낙엽이 바삭바삭
소리 지르고

돌무더기 너머 철쭉
서럽게 아름다워

기다림으로 심장을
돌리고 돌린다.

새봄

앓고 나니
화장기 없는 민낯
손길 놓고
창밖 물끄러미 본다

봄비
눈빛 아득히
그렁그렁

먼 곳
바람 끝자락으로
우리집 문지기 천리향
솔솔

시린 눈 비비며
꽃망울 터뜨린다
망울 망울.

의자의 미소

생각하는 조각상도 아니면서
사람처럼 앉아 있다

수평선 물결들
다가오는 파도

무정한 님 소식 하나
숨겨둔 마음

정녕 그대는 모른 채
사라진다

지친 나그네의 휴식을
기다릴 줄 알고

삶의 절반은
기억해야 할 일들 만들고

누군가의 비밀을
꼭 지켜 주고

자신의 어깨 툭 치고
무릎 짚고 일어서면서

자신의 몸 위에
물음표로 답을 새긴다

그때 구름은 멀리 멀리
그늘로 내려온다.

화마 현장에서

화염 속 불길 잡는 사나이
일류급 배우의 멋진 모습인데
어둡다

언제 무너질까
어두운 질문이
건물 배관을 따라 흐른다

기대감은
꽃 피는 마음

인명 구조를 해야 한다는
사명감으로
자신을 던진다

한 생명이라도
살리기 위해
화약통을 등에 멘다

그 아름다움이
마음 거울에
보인다

다시 한 번
주위를
살핀다.

생각의 위로

매일
뉴스 보도가
쏟아진다

화면 속
하얀 비밀옷으로
무장하며

삐에로 얼굴
분장이라도
하지

오늘도
긴 복도 끝방이
의심스럽다

수근 수근
모두 방문
닫는다

가해자 없는 피해자
눈물이 글썽 글썽
고개 숙인다

사랑의 방에서
격리 당해
휠체어에 몸 실어 가는데

귓가에 들리지
않은 소리
힘겨운가 봐

가슴에 멍울이 찬다
답답해
그저 애처로운 눈길만 준다

토닥토닥 하고 싶어
벽은 끊임없이
나의 추억을 지운다.

치매

늘어 버린 육신 기억하나
아침 햇살이 머리 쓰다듬자
발그레

사라진 세월이 못내
그리워서일까
창밖 너머 구름발치
멍하니 눈 마주친다

어제 같은 오늘
변해가는 현실
부정으로 고개 젓는다

아니다고 말하지만
허리띠에 조여오는 주름살
백지로 가고 있다

어쩜 이곳은
내가 꽃을 피우는 꽃밭
색체 무늬들이
묘하게 변해 간다

아름다운
관상용 수석이라도
되고 싶다

그리움이 사무칠 때
손끝으로 누르고 있는
번호의 정체
잠시 통화 중이란다.

고독

감춰진 듯
온종일 누워 낮잠
천장만 바라보는
나 아닌 나

바이러스여
난 당신을
초대하지 않았어

손님 자리는
단 하나
홀로 앉아

목구멍은
한여름 뙤약볕에 콩 볶는지
따끔따끔

종종걸음 왔다가
머물렀다 사라지는
것들

문득 바뀐 계절이
주머니에 손 넣듯
내게로 온다

만지작 만지작
내 이름 위에
아픔이 마구 쏟아진다

잠시
휴식이
필요하나 봐.

나들이

가을 밟고 간다
낙엽이 설레임으로
손사래 친다

그리움이 주렁주렁
갈색길 따라
늘어서 있다

빨갛게 익어
속 터진 홍시 몇 개
까치밥 되어 졸고 있다

몇 명의 아이들
앙증스러운 글귀
상상 나래 옷소매에
꿰매어지고

애타는 엄마 곁에
부시럭거리는 과자봉지로
창밖 풍경 노을이 짙어질 때

추억의 책갈피에
깨알 같은 글귀로
일기 써 내려 간다.

첫눈

내린다
녹는다
발만 동동 구른다

휘어휘어 눈꼬리
어디 두고
사뿐히

하얀 이야기꽃
나목들 장승 되어
눈물 흐른다

영롱한 풀잎 끝
설렘 주는 너
마음에 화살 꽂는다

늦가을 마지막 잎새
햇살 피어오는
정원 돌탑 위에
하얗게 떨어져
서릿발 내세워
의지하다 녹는다

계단 오르는 바람 소리
귓가에 들릴 때.

시래기

기름진 땅 밑에 숨어
따사로운 햇살의 정
장맛비에 목 축인다

쑥쑥 커다란 무청
흰구름 흰나비 날갯짓에
무당벌레 물방울 무늬
화려함으로 변신하면
가을걷이 마루청 끝머리에 매달린다

지나가는 바람 한 점도
살랑살랑 웃어 준다
겨우 내내 꽁보리밥 지어
조물조물 된장국 끓여
한 입 더 한 입만
문틈으로 찬바람도
이 맛을 알지.

늦가을

금방 내리고
또 떨어지는
잎새

바람이 허공을 친다
우수수
한을 쏟아낸다

한 치의 미동 없이
마을 어귀 지켜선
한 그루 나무

노을빛 구름
보내야 할 때 보낸다

품안의 사랑
가을 어깨 위로
현란한 가로수 밑으로
숨어 든다

마음 가난한 나그네
사랑이 그리워지는
회색빛 빌딩벽에 기댄다.

계절의 외출

엘리베이터 6층으로 오른다
문이 열리고
긴 복도 막다른 곳

구정물에 손 담그면
반복되는 하루가
넓게 퍼져 있다

소중한 사람들에게
사찬 반찬 밥그릇 하나
국물 가득 채운다

웅크린 모습으로
기다림이 배고픈 그들
창 너머 사라지는 얼굴들

밤새 끙끙 앓는 소리
하얀 솜뭉치 묻은 검붉은 통증
날숨소리 빠져 나온다

나뭇가지 위 울렁임처럼
질문과 대답 없는 호흡이
하나 둘 지워지는 미각

창밖으로 눈송이
찬바람으로 찾아왔건만
미동 없이 침대 위에 누워

지나가는 시간
아쉬움이
눈에 선하다.

자줏빛 국화

아침 햇살
머리 쓰다듬자
발그레 홍조 띠며
다가온다

때를 기다리는
가련한 여인
온몸 바들거리면서
눈가에 이슬방울
맺힌다

달짝지근한 사랑
뿌리로 내린다

꽃망울 필 때쯤
가을비는 연이어 휩쓸고

가슴에 구멍이 송송
뚫어 버린 앙가슴

그 사이로 찬바람이
지나간다

어느 날
쓴웃음 짓는 마음 꿰뚫고

노오란 점 하나 두고
노을 치마는 비틀거린다.

갈대

갈바람이 분다
몸은 흔들거리며 나부낀다
바시락거리는 소리가
하늘을 본다
파아란 하늘바다
바람꽃과 함께 가고 있다
온몸으로 소리를 지른다
비틀거리면서 비틀거리면서.

흑미밥

솥단지 뚜껑
가만히 열어

하얀 벚꽃잎늘의
설렘처럼

주걱으로 조심스레
흩어진 미소 담는다

향기 품고
봄 기차가 떠나가면

달래장에
풋고추 송송 썰어

밥 쓰으쓱 비벼
한 수저 입에 문다

안개꽃 수만큼
오늘도 나는

밥 푸는 일을
멈추지 않는다.

퇴근길

우산 펼치고
동네 어귀 골목길 돈다

빗방울이 기둥 되어
서 있다가

금세 동그라미
그리며 사라진다

반복되는 삶
아픔도 늘 함께 즐기며

팽팽히 내려오는
빗줄기 품어 준다

싫다는 몸짓 없이
회색 하늘이 안겨 오자

춤추는 겨울비가
나목들의 적막 뒤로 숨는다

흐물흐물 신발 위로
떨어지는 저 그리움처럼.

텃밭

정겨운 검정고무신
은구슬 된 아침이슬 털면서
맺혀 있는 싱싱한 밀어들
바구니에 담는다

마디마디 살짝 앉아 있는
도화색 미녀의 도도함
하늘 찌른 긴 머리

푸른 옷가지에
감추어진 몸매는
부끄러워
호박잎 뒤로 숨는다

튼실한 씨 알맹이
푸른 들판에 건들거린
백조의 춤

알알이 맺힌 풍요는
오일장 가는 짐칸에
실려 간다

아픔도 모른 채
잘 익어 가는 소리
장터로 퍼져
누군가의 입맛 채운다

깡탱이는 훗날
긴 꼬챙이에 끼워
할아비 등 긁는 도구로
생을 보낸다.

동전

오늘은
소리 크기를 표시하는
단위를 생각한다

차들의 소음
빵빵

모이 찾아 파닥거린 날갯짓
작은 부리로 짹짹

내 주머니 속사정은
짤랑짤랑

언제나
내 손길과 함께 늙어 가다
마트에서 물건의 대가로
카드 익히는 소리 찌찍

소리 소리
꼬부라진 소리
내 귓가에 차츰 익숙해진다

한 달 전
심심풀이 윷놀이
십 원짜리 말을 세워
놀이 흥미진진하던 밤

희뿌연 먼지 떨며
당당하게 쓰임새
추억 녹이며 살아가는
사람들의 평범한 소리

이 소리들을
담기 위해 지불해야
할 게 너무나 많다

나는
이 소리들을 안고
매일 밤
곤히 잠이 든다.

상족암에서

서둘지 않고 계단 내려간다
눈부시게 아름다운
바닷가 풍경들
나를 감싸 안는다
보고픔으로 간절히

겹겹 층층의 암벽
떡시루 같은 바윗돌
한 층 한 층이 색다르다

파도는 숨쉰다
이별이란다
물거품이 그냥 가 버린다

짠내음 가득
동굴에 부딪히는 멍자국마다
아픔이 있다

퇴적층 쌓이면서
암석으로 굳어져
커다란 공룡 발자국
선명하다
내 발길도 그 흔적
가슴으로 남긴다.

산행길

길게 늘어선 여름
뜨거운 숨결
등줄기 흐른다

설 자리를 잃어버린
사람들
안기어 보듬어 다독거린다

그늘이 바위 틈새기에
가까스로 손가락
걸치자
속내 들여다보는 것 같아

대웅전 담벼락 사이
송이 송이 피어난 능소화
보는 이 우두커니 서서
한참 눈으로 만지며.

시평

· · · · · · · · · ·

문학박사

박 덕 은

김전자 시인의 첫 시집 발간을 축하하며

 김전자 시인은 탐진강이 흐르는 전남 강진에서 아버지 김유진 씨와 어머니 김연애 씨 사이에서 3남 4녀 중 셋째 딸로 태어났다.
 어린 시절 가난한 집안 살림에 날마다 꼴을 베야 했다. 자연을 벗삼아 들로 산으로 나갈 때마다 꼴망태는 그녀의 친구였다. 서기산 중턱으로 동네 아이들과 소몰이 할 때 억새꽃 춤추는 소리, 풀벌레 소리가 늘 귓전을 때렸다.
 그녀는 나중에 이렇게 회상했다.
 "커다란 소의 눈은 언제나 선했다. 어린 시절에 소르르 스며든 시심을 가슴에만 품고 살아오다가, 자상한 남자 조준호 씨와 결혼하여 슬하에 1남 1녀 두었다. 생활고는 언제나 나의 주위를 맴돌고 있었지만, 어느 날 우연히 시 낭송반을 알게 되었다. 그동안 가슴속 깊이 묻어둔 시심들이 내 앞에 펼쳐지기 시작했다. 시를 낭독하면서 즐거움이 시작되었다. 어느 따스한 봄날이었다. 야유회 가던 날, 지인의 소개로 한실문예창작을 만났다. 둥그런 문학회로 들어가 두려움 안고 시 공부를 시작하였다. 시 쓰는 공부는 처음이라 어리둥절했다. 아무것도 모르는 나를 박덕은 교수님과 문우님들이 잘 보살펴 주었다. 물론 문우들의 핀잔도 있었다. 소질이 없는가 보다 하고 그만 포기하고 싶었다. 자존심이 왕창 무너져 도망가고 싶었다. 그럴수록 내 자신과의 싸움에서 이겨야 한다고 다짐했다. 어떻게 하면 시를 잘 쓸까, 고민했다. 서점들을 돌아다니면서 시집과 시 이론서를 사서 공부를 했다. 새벽 5시만 되면 책상 앞에 앉아 시 쓰기에 몰두했다. 일기도 매일 기록하고 가계부도 썼다. 그러다 보니, 메모장이 몇

권이나 되었다. 다른 사람들이 쓴 시들도 독파했다. 지금
은 내가 감정을 아름답게 잘 꾸며 틈틈이 연습장으로 옮
겨 놓는다. 여행을 하면서도 오로지 작품만 생각한다."

어느 날 필자가 지도하는 문학반을 찾아온 김전자 시인,
그녀는 아주 순박한 표정으로 물었다.

"시에 대해 아무것도 모르는 저도 시인이 될 수 있나요?"

그러던 그녀가 한 편 한 편 시를 모아, 이렇게 시집을 펴
내게 되다니, 감격스럽다.

필자가 문학 지도를 하는 둥그런 문학회는 야간반이다.
직장 생활을 끝내고 퇴근길에 잠시 들러 문학을 토론하며
시 창작을 하는 문학회이다. 여기서 매주 2시간가량 익힌
시 창작 솜씨가 그녀를 어느덧 시인으로 성장하게 했고,
이렇게 시집 발간까지 도전하게 했다.

뿐만 아니라, 《문학춘추》 시 부문 신인문학상, 《문학
공간》 디카시 문학상 대상, 제4회 디카시 문학상 금상,
전국 삼행시 문학상 동상 등을 수상했다.

현재, 가톨릭 평생교육원 시 낭송반 , 한실문예창작 회
원, 둥그런 문학회 회장으로 문단 활동을 하고 있다.

자, 그럼, 김전자 시인의 시 세계로 들어가 그 시향을 탐
구해 보기로 하자.

바람이 스친다
슬픔 젖은 꽃비 사방으로 휘날린다
길목 서성인다
아무도 보이지 않는 산기슭 지나
한 송이 한 송이 연이어 피워
간밤에 어둠 밀어내면서 돋을볕 오르니
진한 사랑 꽃잎 상글히 웃는다
이루지 못한 인연이여

슬픈 곡조 새벽 예불 소리로 변한다
눈물에 젖을수록
님 오는 길 붉은 옷 입는다.
　　　- 「꽃무릇」 전문

　시적 화자는 꽃무릇과 인연을 엮어 관찰한다. 꽃무릇은
수선화과 Lycoris 속에 속하는 알뿌리식물로 우리가 흔
히 아는 상사화랑 한 집안 식물이다. 봄철에 나오는 잎이
6~7월에 마른다. 8월에 꽃대가 올라와 가을에 꽃을 피우
기에 가을 전령사로 불리운다. 잎과 꽃이 각각 따로 피기
에 꽃말은 '이룰 수 없는 사랑' 또는 '슬픈 추억'이다.
그래서일까, 꽃무릇에서 슬픈 냄새가 난다. 빗소리 자박
자박 들리는 가을밤의 안색이 아프게 다가온다. 가을볕
이 좋아 온 산의 표정들이 환해도 무너지는 아픔으로 붉
게 우는 꽃무릇. 쓸쓸한 말투처럼 찬바람은 불어오고 아
무리 노력해도 가닿을 수 없는 그리움 때문에 꽃무릇은
저리 붉은 걸까. 활짝 핀 아픔을 불운인지 행운인지 꽃빛
으로 매달고 발그레한 안색으로 피어나는 꽃무릇의 뒤안
길이 보이는 듯하다. 그리움에는 치사량에 가까운 슬픔을
견뎌야 하는 고통이 따른 것인지, 꽃무릇이 핏빛처럼 붉
다. 바람이 스쳐지나가고, 꽃비가 사방으로 휘날릴 때 시
적 화자는 길목 서성인다. 외진 산기슭 지나 피어난 꽃무
릇, 어둠 밀어내며 돌을볕 아래 피어나 상글히 웃는 꽃,
진한 사랑을 상징하는 듯하다. 이루지 못한 인연 때문에
슬픈 곡조가 흐른다. 이 곡조는 이윽고 새벽 예불 소리로
변한다. 눈물에 젖을수록 님이 오는 길은 더욱 붉은 옷
입는다. 꽃무릇에 대한 시적 형상화가 아주 자연스럽고
상큼하다. 새로운 각도로 바라보며 음미하는 시선이 싱그
럽다. 시의 특질을 갖추고 있어 흐뭇하다.

창문 활짝 연다
살짝 설렘으로 들뜬 마음
가을 밟는다
여름이 아쉬움 툭툭 던지며
여운 남긴다

회색빛 먹구름 다음 행선지로 따르고
처음으로 본 단양 팔경길
무릎 통증도 꼬불어진 길가에 앉아
온통 신록길 감상한다

파란 하늘 바다
드넓은 강 따라 역사의 뒤안길
둥둥 떠가는 햇살이 내려온다

그 옛적 어린 단종의 귀향길
낯선 심장 만나 아프지 않을 만큼
한참 바라보고 있노라니
주인 없는 말발굽들이 어디론가
사라지고 있는 듯하다

올레길 옆으로 바위틈에
부처손이 다소곳이 피어나 있다.
　　　－ 「초가을 나들이」 전문

　시적 화자는 초가을에 나들이 나선다. 제목이 여행이 아
니라 나들이다. 참으로 정겹다. 마실 다니는 느낌이 들어
좋다. 시적 화자는 그 느낌을 '살짝 설렘으로 들뜬 마음/
가을 밟는다'라고 표현하고 있다. 설렘만큼 삶의 무늬

를 화사하게 수놓을 수 있는 게 또 어디 있을까. 설렘은
하루가 아무리 힘들어도 버티고 나아갈 수 있게 만드는
마력 같은 힘이 있다. 한 됫박의 눈물이 등을 후려쳐도
설렘만 있으면 다시 등을 꼿꼿이 세우며 일어설 수 있다.
그래서 설렘이 있으면 거리를 배회하는 해질녘도 들떠 선
홍빛으로 물드는 것이다. 그 설렘을 안고 시적 화자는 가
을을 밟는다. '밟는다'에서 벌써부터 낙엽의 바스락거
리는 소리가 들리는 듯하다. 길을 나서는 설렘과 함께 들
뜬 마음이 뒤따른다. 단양 팔경길, 무릎 통증 때문에 길
가에 쉬었다 간다. 하지만 설렘이 있어 신록길을 감상한
다. 길가에 앉은 시적 화자는 아름다웠던 청춘의 그 거
리를 걷고 한 잎 한 잎 꽃피어났던 첫사랑의 표정을 다시
읽어내기도 했을 것이다. 한때 젊음의 심장을 불타오르게
했던 그 뜨거운 발자국들을 추억하기도 했을 것이다. 드
넓은 강, 거기서 만난 역사의 뒤안길, 어린 단종의 아픈
길, 주인 없는 말발굽들까지 만난다. 서러움을 껴입고 먼
길을 떠났을 역사의 뒤안길이 매만져져 문득 숙연해진다.
올레길 옆 바위틈에는 부처손이 피어 있다. 관찰과 이미
지가 만나 깔끔한 시 한 편을 완성해내고 있다. 설명이나
설득하지 않고 이미지만으로도 얼마든지 시의 특질 쪽으
로 향해 갈 수 있음을 입증해 주는 시를 만나 행복하다.

한 번도 본 적 없던 풍경
뒤따르던 삶의 무게
그 문턱 앞에 선다

걱정이 미소 없는 얼굴을 한다
심호흡 크게 한 번 몰아쉬며
커다란 링거 높이 올라
한 방울 한 방울 하얀 줄 타고 내린다

괜찮아 다독거린다
회색 복도를 절룩거리며 젖은 마음
보이지 않은 눈물자국 감춘다

숨이 멎는다는 건
의지와 상관없이 움직일 수도 없다
어떤 시간과 공간 오고가며

잠이 온다
꿈속에서 헤엄친다
도망갈 구멍은 영영 보이지 않는다.
　　　－「입원실에서」 전문

　시적 화자는 입원실에서 자기 자신을 내려다보며 사색에
잠겨 있다. 앰뷸런스는 한 움큼의 다급함을 싣고 오고,
응급실과 입원실을 전전하며 다시 피어날 이름인지 흩어
질 이름인지 알 수 없는 슬픔들이 병실 복도를 걷고 있
다. 그 모습들을 시적 화자는 '한 번도 본 적 없던 풍경/
뒤따르던 삶의 무게'라고 말하고 있다. 입을 틀어막은
낯선 아픔이 느껴진다. 그 모든 풍경들로부터 도망가고
싶지만 병명에 발목이 묶여 움직일 수도 없다. 그런 마음
을 시적 화자는 '걱정이 미소 없는 얼굴을 한다'고 표
현하고 있다. 병실 어디에선가는 한 움큼의 울음이 툭 떨
어져 병원 복도를 힘없이 돌아나가고, 향을 올리는 얼굴
들이 서로를 끌어안고 울먹인다. 그런 울음을 아는 시적
화자는 뒤따르던 삶의 무게가 더이상 고단하지 않게 '심
호흡 크게 한 번 몰아쉬며' 용기를 내고 싶어한다. 하지
만 자꾸만 움츠려든다. 벚꽃이 피는 소리도 울음으로 들
리고 봄날의 꽃향도 울음으로 들려 아프다. 미소 없는 얼

굴로 심호흡 몰아쉬며 링거를 맞는다. 스스로 다독거려 보지만, 마음은 절룩거린다. 속으로 눈물이 흐른다. 의지와 상관없이 움직일 수 없는 공간 속에서 잠이 든다. 꿈 속에서나마 헤엄치며 탈출구를 찾지만, 실패한다. 입원실에서 만난 감성을 포장 없이 전달하고 있다. 시의 특질 중 하나가 바로 이런 색다른 감성을 이미지로 구현하는 것이다. 그 감성을 만난 독자는 미리 체험한 감성으로 보다 풍요로운 느낌과 시야를 확보할 수 있는 것이다.

A4용지를 한 박스 샀어
이곳에
담아야 할 사연들
생각하지
형광펜으로 봄소식 전할 제목들
하얀 종이 위로 옮기면 되는 것이야
한 줄에는 누구의 이야기들
한 줄에는 나의 인생사들
한 장은 봄꽃 장식해
꽃 색깔 어우러져 춤춘다
한 박자 한 박자 빙글빙글
춤사위 격해질수록 쏟아지는 그리움
한 손에 쓰다만 속마음 채우며
신기하게
백지 안으로 모여든 시어들
피식 입꼬리 길게 늘어지고
이 밤에 끝은 어디 있을까.
　　　－「문구점에 가다」 전문

시적 화자는 문구점에 들러 시 창작을 떠올린다. A4용지를 한 박스 사며 들뜬 시적 화자의 마음이 엿보여 즐겁다. 종이라는 흰 공간을 설렘으로 인식하는 시적 화자가 새삼 멋지다. 종이 위에 꿈꾸는 희망의 얼굴을 그리고, 그리운 사랑의 표정을 나열하며 즐거워한다. 막막한 벽 앞에서 힘들었던 좌절과 절망을 흰 공간 위에서 멋지게 결별하기도 한다. 그렇게 멋지게 흰 공간을 수놓는다. 흰 공간이 따스하고 황홀한 자음과 모음으로 너스레를 떨며 행복해 한다. 흰 공간은 단순한 평면이 아니다. 삶의 뒤안길을 돌아보며 내일의 목소리를 즐겁게 낼 수 있는 곳이다. 종종거리던 걸음도 내려놓고 즐거운 예감을 낳을 수 있는 곳이다. 그런 시적 화자의 마음을 '한 장은 봄꽃 장식해/ 꽃 색깔 어우러져 춤춘다/ 한 박자 한 박자 빙글빙글/ 춤사위 격해질수록 쏟아지는 그리움'이라고 표현하고 있다. 발랄하고 명랑한 감성이다. 형광펜으로 봄소식 전할 제목, 하얀 종이, 한 장은 어느 누구의 인생사와 나의 인생사, 한 장은 봄꽃, 한 장은 춤사위와 그리움, 한 장은 쓰다만 속마음, 그러다 모여든 시어들, 이윽고 입꼬리가 피식 하며 길게 늘어진다. 벌써 밤새워 시 창작하고 있는 자신을 내려다본다. 인생의 여백에 시를 창작하며 살아가려는 시적 화자의 의지가 돋보인다. 이는 독자에게 전달되어, 은은한 향기를 풍긴다. 인생 중에 가장 소중한 길 중 하나인 시 창작의 길을 안내하고 있어, 기쁘다.

허공으로 퍼져 가는 목소리
발바닥 떨어지지 않는 자세
큰 플라타너스 허리춤에 얼굴 묻고
혼잣말로 주문 외운
아이들은 우르르 움직이며 솜덩이 되어

제자리에서 손사래 친다
자신들의 그림자 밟으며 숨 참는다
낙엽들이 벼랑 끝 바라본다
살아남는 아이 등뒤로 다가간다
설렘이 머리 위로 내려앉는다
다시 외우고 뒤돌아보지 못한
그는 얼음공주 되어 버린다
등을 껴안는다
그때부터 게임의 법칙은
벽에 주렁주렁 달린다
안녕 외침이 저녁 골목 안
연기처럼 보인다.
        - 「술래잡기」 전문

 시적 화자는 술래잡기의 그림을 그리고 있다. 어떻게 보면 사는 일이 모두 술래잡기인지도 모른다. 꿈꾸는 미래의 모습을 찾기 위해 오늘도 우리는 스스로 술래가 되어 동분서주한다. 누군가에게는 꿈꾸는 미래가 경제적인 안정일 수 있고, 사랑일 수도 있을 것이다. 저마다 의미를 부여하는 가치를 찾기 위해 나아간다. '꼭꼭 숨어라 머리카락 보인다'라며 시작하는 술래잡기 놀이가 '허공으로 퍼져 가는 목소리/ 발바닥 떨어지지 않는 자세/ 큰 플라타너스 허리춤에 얼굴 묻고'로 표현되어 있다. 술래잡기하듯 꼭꼭 숨기 위해 플라타너스는 허공에서 초록으로 잎을 넓히고 아이들은 숨기 바쁘다. 술래에게 들키지 않으려고 아이들은 '자신들의 그림자 밟으며 숨 참는다'. 살다 보면 우리도 술래라는 아픔에게 들키지 않으려고 자신의 그림자 같은 슬픔을 끌어안고 웅크리며 긴긴 밤을 견디기도 한다. 술래라는 절망에 붙잡히면 희망이 죽고 내일이 죽고 따스한 감성이 죽기 때문에 우리는 숨을 참으며 견디는 것이다. 이 시는 술래잡기 놀이가 시작되어 목소리가 허공으로 퍼져 가면서 시작한다. 큰 플라타너스 허리춤에 얼굴 묻고, 혼잣말, 손사래, 참는 숨, 그림자, 낙엽들, 벼랑 끝, 그리고 설렘이 여러 감성의 물감이 되어 시심을 색칠해 나간다. 그러다가 어느 순간, 얼음공주가 되어 버리기도 한다. 벽에 주렁주렁 달리는 게임의 법칙, 안녕이라는 외침과 함께 헤어지는 골목 안이 그려져 있다. 이미지와 상징으로 버무려져, 어린 시절 술래잡기의 세상이 펼쳐지고 있다. 간결하고도 군더더기 없이 꾸려가는 이미지 구현이 멋지다.

열공하는 실업자
시큼털털한 담배 냄새
치렁치렁 벽지에 붙는다
승리의 함성 꿈꾸지
어머니는 관중들의
건넛방 초록색 그라운드
손뼉 치며 홈런 날아가는
공을 본다.
　　— 「청년의 방」 전문

　시적 화자는 어느 청년의 방을 들여다보고 있다. 제목이 넓은 의미의 광장이 아니라 방이다. 개인이 머무는 공간 중에서 가장 작은 공간이 방이다. 방의 이미지는 실업과 연결되면서 갇힘으로 다가온다. 답답한 현실을 벗어나고 싶지만 그럴 수 없는 상황이 고스란히 읽혀진다. 첫 행에서부터 '열공하는 실업자'라고 표현하고 있다. '열공한다'의 이미지는 취업을 한 직장인과 더 잘 어울릴 법

한데, 실업자가 열공한다고 한다. 취업하기 위해 열공하고, 실업으로 인한 낙담과 좌절로 열공하고, 불안한 현실 때문에 열공한다. '열공'이 찬란한 아픔으로 다가온다. 멋진 표현이다. 시는 이렇듯 여러 감성을 열어놓을수록 좋다. 열심히 공부하는 실업자의 방에는 아픔 많아 시큼털털한 담배 냄새가 가득하다. 이 냄새는 벽지에 치렁치렁 달라붙어 있다. 벽지에 담배 냄새가 덕지덕지 붙어있지만, 청년은 승리의 함성을 꿈꾼다. 아들의 취업을 응원하는 어머니도 승리의 함성을 꿈꾼다. 매번 승리의 함성을 꿈꾸는 방, 그 건넛방에는 초록색 그라운드가 있다. 거기엔 어머니의 시선이 놓여 있고, 손뼉 치며 날아가는 홈런이 있다. '어머니는 관중들의/ 건넛방 초록색 그라운드'라는 표현에서 시의 맛깔스러움이 느껴진다. 시의 풍미가 깊다. 시는 이렇게 다가와야 한다. 멋지다. 절묘한 시어 배치까지 눈길을 끈다. 실업자의 일상과 실업에서 탈출하고 싶어하는 열망이 교차하며, 미묘한 정서의 색깔을 이미지로 덧입혀 놓고 있다.

자끄라진 창고
헛간 안 허수아비 어깨 위로 곡소리
흔들거린다

여물 먹는 소는 간 곳이
없다
찬바람이 지나간다
그리움이
흰 눈처럼 펑펑 운다

문턱에 새겨진 손길
사진 한 장
도란도란 이야기꽃에
겨울밤 깊어 가고

휘영청 달님이 소식 전하러
덩그러니
지붕에서 마당까지
내려와 그림자만 보인다.
    – 「나의 고향집」 전문

 시적 화자는 고향집 정경을 그려놓고 있다. 고향집은 늘 마음의 의지처지만 아무도 없는 빈 고향집은 쓸쓸해 안타깝다. 찬바람에 잔기침 쿨럭대던 늙은 감나무가 추운 겨울을 홀로 버티고 있는 것처럼 애잔하다. 수많은 가지를 뻗어 가며 초록을 키우고 감을 매단 감나무가 수심 가득한 얼굴로 겨울을 넘기고 있는 것처럼 빈 고향집은 적막하다. 시적 화자의 어린 시절 고향집은 여물 먹은 소가 있고 저녁의 따스함이 있고 가족들의 정이 담뿍 들어 있었을 것이다. 하지만 어느 순간 '자끄라진 창고/ 헛간 안 허수아비 어깨 위로 곡소리/ 흔들거'리고 있다. 빈 고향집의 안타까움을 곡소리로 표현하고 있어 더 애잔하다. 주인 잃은 고향집은 그리움이 짙어 퇴행성관절염에 걸리기라도 한 것일까, 창고마저 짜그라져 있다. 여물 먹던 소는 없고, 찬바람만 지나가고 있다. 몰려온 그리움이 흰 눈처럼 펑펑 울고 있고, 문턱에 새겨진 손길과 사진 한 장은 이야기꽃을 피워낸다. 깊어 가는 겨울밤 휘영청 달이 떠올라, 마당까지 달빛을 내려보내고 있다. 상큼한 이미지들이 각 연마다 배치되어 있어, 시의 맛과 멋을 살려

놓고 있다. 역시 시는 이미저리인 듯. 이미지의 입체화가
시의 본질인 듯. 그런 느낌이 들게 하는 시라서 더욱 좋다.

사라진 것들
가난하던 시절의 만남

미소 끝은
잃어 버린 기억 잦는다

목마름 허덕이던 둘만의 우정
눈물까지 품는다

부러진 날개의 아픔 붙잡고
탁자 위로 술잔 기울인다

골목 안 밝아오는 햇살이
눈부시다

취객들의 밤새 마신 흔적들
별빛들이 사라지지 않고
술에 취한다

모든 이의 눈물이
한 방울의 꽃이라면 좋겠다.
                    - 「넋두리」 전문

시적 화자는 어느 날 골목 안에서 취객들이 밤새 마신
흔적들을 목격한다. 뭉텅이째 뭉친 아픔이 목에 걸려 내
려가지 않는 취객들이 술로 아픔을 달랜다. 끅끅 소리를

내며 술과 함께 목젖을 타고 내려가는 아픔들이 취기를 돋운다. 마셔도 마셔도 허기진 아픔들이 다시 술을 부르고 자정을 넘긴다. 한 잔의 서러움을 마시면 궁색한 낭만에 빠져드는 대작은 밤새는 줄 모른다. 안주는 외로울수록 맛있는 법이어서 젓가락이 가는 것마다 입에 찰싹 달라붙는다. 주량과 관계없이 술잔은 기울고 겹겹으로 쌓이는 연민은 취한다. 술병을 따는 자잘한 소음들이 능숙하게 술잔 속으로 들어가면 하루를 걸어온 말들은 수다를 껴입고 입에서 귀까지 흘러들어 간다. 그런 풍경들을 시적 화자는 '부러진 날개의 아픔 붙잡고/ 탁자 위로 술잔 기울인다'로 표현하고 있다. 생의 날개가 부러질 때까지 얼마나 많은 눈물을 흘렸을까. 버티고 일어서며 다시 날아보려고 부단히 노력했을 텐데, 이제는 그 날개가 부러져 날 수 없다. 그 아픔 때문이었을까, 술잔을 기울이는 넋두리가 아프게 다가온다. 골목에는 별빛들이 사라지지 않고 술에 취해 있다. 거기서 가난한 시절을 만난다. 잃어 버린 기억, 목마름으로 허덕이던 우정도 만난다. 눈물까지 품다가, 부러진 날개의 아픔 붙잡고 탁자 위로 술잔 기울이기도 한다. 그때 하나의 소망이 안겨 온다. '모든 이의 눈물이 한 방울의 꽃이라면 좋겠다'라는 넋두리. 참으로 아름다운 넋두리다. 여기서 만나는 감성 하나, 어쩌면 이게 우리의 성장통이 되지는 않을까.

열두 달
벽에 그림 그리며 노니는
숫자들

살며시 밤하늘
몇 개의 별들이

깜빡 깜빡

희미해진 가로등불이
밝아 오는 새벽
맞는다

동그라미는 무슨 의미
그날 그날 내 손과 발이
종종걸음친다

통장 잔고도 확인한 뒤
전화 안부로
설렘을 안는다

나이 들면 들리지 않는
나의 목소리
벽과 벽 사이 허공으로
외침한다

우체통에 접힌 나의 이력서
일 년 지나고 이맘때쯤 펼쳐
빨간 펜으로 다시 그려봐야겠다
또다시 너를 안아 주면서.
　　　－「달력」 전문

　시적 화자는 달력에 대한 사색에 빠진다. 달력으로 나열
된 숫자 안에서 우리는 한 발짝도 벗어날 수 없다. 숫자
를 신고 숫자를 입고 숫자로 잠자는 달력의 운명. 그 운
명이 개인과 사회와 나라를 좌지우지한다. 새해 첫날과

함께 우리는 숫자로 달린다. 1부터 31을 방목하며 우리는 살이 찌고 졸업하고 결혼을 한다. 숫자들이 한데 모여 사는 달력이 어쩌면 생노병사를 결정짓는지도 모른다. 달력의 저 숫자에 우리의 문드러진 아픔이 깃들어 있고 어머니의 등 굽은 하루가 새겨져 있다. 아픔이든 기쁨이든 숫자로만 기록하는 저 달력. 달력은 평생을 달려도 1부터 31을 벗어날 수 없으면서 우리를 지배한다. 숫자가 지칠 때까지 일 년을 달리고 새로운 숫자로 다시 충전하여 달력은 또다시 일 년을 달린다.

열두 달 내내 벽에 그림 그리며 노니는 숫자들, 깜빡이는 밤하늘 별들, 새벽 희미해진 가로등불, 손과 발이 종종걸음치게 하는 동그라미, 설렘 안은 전화 안부, 벽과 벽 사이 허공으로 외침하는 목소리, 우체통에 접힌 이력서 등과 만나 애틋한 정감을 나눈다. 묵은 달력을 접고 새 달력을 펼치며 시적 화자는 다시 계획을 세우며 희망을 얘기한다. 그 마음을 ' 우체통에 접힌 나의 이력서/ 일 년 지나고 이맘때쯤 펼쳐/ 빨간 펜으로 다시 그려봐야겠다/ 또다시 너를 안아 주면서'로 표현하고 있다. 달력과 인생에 대한 새로운 접근, 새로운 각도, 새로운 시선, 새로운 해석이 눈길을 끈다. 시를 쓰면서 살아가는 삶이 왜 소중한지를 알게 해주는 시, 성숙의 길로 안내하는 깃발이 보여서 좋다.

숨을 곳이 없다
밤새 이곳에 있었다
찬바람이 지나간다
가을이 오면 여행지 없는
길 떠난다
기울어진 추 따라

또 다른 하루 살아간다
나이 탓을 해
다리도 아프다고 해
비뚤어진 시선이
딱딱
몸 따로 마음 따로
곱게 물든 길 걷는다.
      ― 「비상구」 선분

시적 화자는 인생의 비상구를 찾아 설정한다. 비상구의 사전적인 뜻은 건물이나 차량 등에서 평소에는 닫아 두다가 긴급한 사태가 있을 때에만 열어서 사용하는 출입구다. 살면서 절망에게 붙들려 하루가 가고 한 달이 가면, 절망으로부터 도망가고 싶다. 나만의 비상구가 있다면 그곳으로 달려가 문을 열고 탈출하고 싶다. 숨을 움켜쥔 아픔들을 벗어던지고 좌절의 심장을 내려놓고 다시 새로운 날을 만들고 싶다. 아픔으로부터 탈출한 최후가 화사할 수 있도록 비상구를 찾아 다시 시작하고 싶다. 오늘과 내일의 경계에서, 슬픔과 기쁨의 경계에서, 어둠과 아침의 경계에서 비상구를 찾아 문을 열고 나가고 싶다. 이 시는 숨을 곳이 없고 찬바람이 일 때, 가을 여행 떠나며 시작한다. 뚜렷한 목적지도 없다. 기울어진 추 따라 하루를 보낸다. 나이 탓, 아픈 다리 탓, 비뚤어진 시선이 여행을 방해한다. 몸 따로 마음 따로 성가시다. 그런데도, 몸과 마음은 함께 곱게 물든 길을 거닐며 여행의 한때를 보낸다. 매일 반복되는 답답한 현실, 치열한 현실 속에서, 유일하게 여행이 돌파구를 열어 주고 있다. 이를 시적 화자는 비상구라 여기는 듯하다. 삶 속에서 발견한 비상구, 이게 있어서 그나마 인생은 살 만하지 않겠는가.

오늘은
소리 크기를 표시하는
단위를 생각한다

차들의 소음
빵빵

모이 찾아 파닥거린 날갯짓
작은 부리로 짹짹

내 주머니 속사정은
짤랑짤랑

언제나
내 손길과 함께 늙어 가다
마트에서 물건의 대가로
카드 익히는 소리 찌찍

소리 소리
꼬부라진 소리
내 귓가에 차츰 익숙해진다

한 달 전
심심풀이 윷놀이
십 원짜리 말을 세워
놀이 흥미진진하던 밤

희뿌연 먼지 떨며
당당하게 쓰임새

추억 녹이며 살아가는
사람들의 평범한 소리

이 소리들을
담기 위해 지불해야
할 게 너무나 많다

나는
이 소리들을 안고
매일 밤
곤히 잠이 든다.
　　－「동전」 전문

　시적 화자는 동전을 통해 서민의 삶을 생생히 그려놓고
있다. 시의 출발이 좋다. 동전을 '소리 크기를 표시하는/
단위를 생각한'다며 시의 문을 열고 있다. 어쩌면 우리
는 1원의 소리, 10원의 소리, 100원의 소리, 500원의 소
리를 씨 뿌리고 수확하며 살아가는지도 모른다. 여러 세
대를 건너 이어온 동전의 소리 농사법으로 소리를 수확하
기 위해 아침부터 밤까지 일하는지도 모른다. 소리 농사
를 잘 짓기 위해 좋은 학교에 들어가고 좋은 곳에 취직해
서 짤랑짤랑 반짝이는 소리를 수확하는지도 모른다. 때
로는 수확한 소리가 잘 여물지 못해 형편이 어렵기도 하
지만 다시 힘을 내어 소리 농사를 짓는다. 평생을 소리에
젖으며 소리에 귀기울이며 살아간다. 먼저 이 시는 동전
의 소리를 차와 새들과 비교한다. 차들은 빵빵거리고, 작
은 새들은 짹짹거리고, 서민의 주머니는 짤랑거린다. 마
트에서는 카드 읽히는 소리 찌찍거리고, 술 취해 꼬부라
진 소리, 심심풀이 윷놀이 소리, 추억 녹이며 살아가는

서민의 소리, 이 소리들이 밀려온다. 이 소리들을 담기 위해 지불해야 할 것이 너무나 많지만, 시적 화자는 매일 밤 이 소리들을 안고 곤히 잠이 들곤 한다. 청각 이미지들을 모아, 이미저리 동산을 만들고, 거기에 서민의 애환과 정서를 살며시 얹어 놓고 있다. 여기서도 감성의 세계를 파헤치는 시의 특질을 만날 수 있어 상쾌하다.

봄에 들어서자마자
온 천지 꽃들이
분내음 날린다

노랗고 진한 분홍빛
사연 담고
화산처럼 쏟아낸다

설렘으로 창문 열고
활짝 웃는 동안
담쟁이넝쿨이 벽 타고 느린 달팽이처럼
기어오른다

꽃들도 폭죽 되어
오고가는 사람들
그 사이로 흔들리는 봄

매듭은 여전히 풀리지 않아
결국
이 봄 보내고 만다.
　　－「사월」 전문

시적 화자는 봄이 들어선 세상, 사월에 대한 고찰을 하고 있다. 시한부 환자 같은 계절에도 희망이 있는지 봄이 오고 있다. 불치병 같은 날들에도 웃음이 찾아드는 봄. 어둡던 나뭇가지의 시야가 연둣빛으로 밝아지고 산마루에서 쪼그려 앉아 있는 키 작은 나무에서도 봄물이 오르고 있다. 골목마다 봄날이 들어차 따스하다. 바람의 폐부 깊숙이 스며든 살랑살랑 봄기운이 완연한 사월이다. 온 산야가 꽃빛을 쌍팡 터뜨리며 아침부터 밤까지 난리법석이다. 화사한 봄날로 진입하는 저 사월이 뜨겁디뜨겁다. 꽃들이 분내음 날리는 온 천지, 쏟아지는 노랗고 진한 분홍빛 사연들, 설렘으로 여는 창문, 벽 타고 기어오르는 담쟁이넝쿨, 오고가는 사람들 사이로 흔들리는 봄, 그 봄이 아름답다. 하지만 여전히 풀리지 않는 매듭이 있다. 이게 시적 화자의 마음이다. 어떤 매듭이 풀리지 않아 불편한 걸까. 떠나버린 첫사랑일까, 이루지 못한 꿈일까, 아직 찾지 못한 내일의 방향일까. 구체적으로 풀리지 않는 그 매듭에 대해 말하고 있지는 않지만 답답한 심정이 느껴진다. 봄은 매듭을 풀고 사월로 진입하는데, 시적 화자는 아직 그 매듭을 풀지 못해 자신의 봄날로 진입하지 못하고 있다. 결국 이 때문에 인생에서 다시 올 수 없는 소중한 봄을 그냥 흘려보내고 만다. 그 아쉬움과 안타까움이 시 속에 질펀히 깔려 있다.

이처럼 김전자 시인의 시 속에는, 작지만 소중한 감성들, 비록 여리고 보잘 것 없지만, 우리 인생에서 귀한 감성들, 그냥 흘려보내는 것들이지만 하찮게 여길 수 없는 감성들이 여기저기 깔려 있다. 이 감성들이 파노라마처럼 펼쳐져 우리 가슴에 잔잔한 여운을 안겨 준다. 이 여운, 이 감성을 이미지 구현으로 시적 형상화해 내고 있다. 그

러면서도 기시감이 들지 않게, 새로운 시선, 새로운 각
도, 새로운 해석을 통하여 사물을 바라보고 있다. 그 해
석은 우리의 굳어 있는 고정관념을 깨뜨리고, 참신하고
신선한 체험을 하도록 해주고 있다. 즉, 낯설게 하기를
통해, 사물과 인생과 일상을 새롭게 해석하여, 매번 참신
한 느낌을 만질 수 있도록 해놓고 있다. 짧지만 응축미를
통해, 인생관과 감동의 세계도 손잡을 수 있도록 안내하
고 있다. 이따금 만나는 감동의 전율도 독자들을 행복하
게 해준다. 살아가면서 미처 발견하지 못하고 느껴 보지
못했던 것들을 만나, 담소 나누고 깨닫고 공감할 수 있어
서 좋다. 이런 의미 방울들이 사색의 잔에 모아져, 한 잔
마시고 갈 수 있다면, 시의 특질과 시의 방향은 매우 긍
정적이지 않을 수 없다. 이러한 요소들을 고루 갖춘 김전
자 시인의 시들에 박수를 보낸다.

  앞으로도, 좋은 시들을 창작하며, 제2, 제3의 시집을 펴
내길 바란다. 여생 동안, 즐거운 시 쓰기, 행복한 시 쓰기
를 일상에 끼워 넣어, 후회 없는 삶을 꾸려 가길, 부디 하
루 하루 보람차고 알찬 시간들로 가득 차길 소망한다.

            – 기분 좋은 겨울 속 봄바람이 솔솔 부는 한밤중에 –
                        한실문예창작 지도 교수
                  사단법인 노벨재단 이사장 박덕은
(문학박사, 전 전남대학교 교수, 시인, 문학평론가, 소설가, 수필가, 동화작가, 화가)

김전자 시집

그대가 머문 그 자리에

풀잎 같은 향내음이 휘파람처럼 다가온다

인쇄   2024년 1월 5일
발행   2024년 1월 9일

지은이   김전자
디자인   그린출판기획
표지캘리   그린출판기획

펴낸곳   그린출판기획
            출판등록 2008년 3월 25일 제 359-2008-000072호
            주소   광주광역시 동구 백서로 117번길 3-1
            구입문의 062_222_4154
            팩스   062_228_7063
ISBN   978-89-93230-49-9